難波田 谷合吉重

思潮社

（　／直立せよ
　　　／直立せよ
円錐花序を直立せよ！）

難波田　なんばた

＊

（まだ、ここら辺りが海だった
寒流時代には、ご先祖様は、
秩父の両神山のふもとで、
鯨をすなどっていた。）
それが鳥の夫婦の、
寝屋の語りであった。

＊

ゆきずりの子は
生母への怖れからか、
ほどかれた包帯のような
声を張り上げる。
（かあちゃん、ごめんなさい
　かあちゃん、ごめんなさい。）
薄い陽射しはＫ教団の屋根を照らし、
痕跡は手にあって拭う仕草。
ナガネの自販機の前で息を吐《つ》き、
今日の逢瀬を取り消す。

＊

鳥という文字を見つめる、
まなぶたをまぶしくし。
〔象《かたち》そのものについて〕
〔多分〕、
難波田九郎三郎の家臣が討死した場所で
不遜な顔を作り、鳥は
（あたしの所為ではない）と呟き、
ハネクラ橋の方を振り返った。

＊

急き立てられる
物語との緊張のあわいで
うたたねをすれば
敵意もなく故意でもなく
村人は物を投げつける
鳥はめずらしく謙虚に繰り返す
（故郷に帰って来たのに、
／野羊がいない。）

＊

秋を糺し、冬を問う
ひとの背中を見て一日を過ごし
夢の中で水に落ちる

この辺はされこうべを造るのに
よい粘土が採れますね
と女先生はおっしゃった
雨風にさらされしらけた骨片となり
落ちる水面にひとの似姿を見る
（一九六九年神無月、
初めて友への裏切り。）

＊

（圧してくるものがある、
圧してくるものがある。）

＊

蘖《ひこばえ》の田んぼ道からの帰り
イノコズチの実を払い
ナガネのガラス戸の前で
逃げて来たのではない
故郷に帰って来たのだと鳥は繰り返す
ナガネから二百三十メートル離れ

きょうだいたちは杉林を揺すり
朝よりも早く／いない野羊を捜す
見えない道を辿り
不安のゆくさきを
叫ぶ声でぬらす

＊

若いよしきりが川岸を鳴き急ぎ
伊佐島橋の銅《あか》い欄干を過ぎる頃

托卵された父は、金木犀の木陰
病床から立ち上がり
何をおもうか子等を殴打する
転がる先の湧き井戸に白い牛乳瓶が
てふてふのように波打っていた
それから三日間、隣の水子村で
杣夫をつとめた後、破水した妹を遺し
砥の粉色の庭先で、さりさりさりと
黄色な尿を排し、蚊のようなY染色体
父は、足早に死ぬる

＊

夢の三角洲に佇み
過呼吸を繰り返す
賭け金を使い果たした
わたしはある誤りに嵌り
鼻腔を損傷するそれでも
Ｆ町字下南畑、鷺山の下に眠る
武蔵七党村山党傘下
難波田城は
我が父のごとく形もなく
一九二六年ささくれた逆率の中から
孤絶の声を上げた無産者の声も忘れ
ただしじまを横たえていた

＊

養父母を愛すると
作文に書いた少女が
アイスと綽名され虐められる
わたしは或る日
「ささやかに立て」
という声を背後から聞く
すると翌日、少女が
小学校のプールに入水した

そして鷺山の竹林は破壊され
鷺たちは家を失う

＊

時をおかずして
難波田城址の曲輪《くるわ》に
白いユッカ蘭が咲いた
青白い光の下に
きりきりきりと
白いユッカ蘭が咲いた
葉は鋭く天を突き
円錐花序を直立し、

白いユッカ蘭が咲いた
（　　　／直立せよ
　　　／直立せよ
円錐花序を直立せよ！）

＊

立ち上がる先送りされたものの幻
浅い陽射しの下、神明神社に
忌諱され揺らぐもの
難波田善銀が戦いの中で詠んだ歌を
わたしは知らない
（母がくれた蔓草の簪を挿し

一九七〇年卯月／御茶ノ水、
駅前の交番に小便をかけても
性器は曲がらなかった。）

＊

さびしいものなど、なにひとつないのに
雨上がりの日曜、サシバ仰ぐ畦道をゆく
今は逆光の中に、ナロードのごとく佇む
モノクロームの藁法師《わらぼっち》

ウクライナの詩人、シェフチェンコに捧ぐ
一篇の抒情、あるいは糞尿
嵐の明るさの中で、狂奔する野人は
ツツジよりも赤い叫びを挙げた

＊

春に震え、夏に怯える
何に介入されたかも知らず
不安がいちばん
確かなものだったから
樫の木の枝先が垂れる濡れ縁で
こどもらは泣いた
早鐘のごとく
（や！かな！や！かな！
かな！や！）

＊

この村には当然のごとく
故郷はなく局面というものがない。
虎落笛《もがりぶえ》きこえる藁法師の陰に、
／さらされた受精卵十個。
それもまた、木と木の間の傷に過ぎず、
ちからしば繁る畦道をゆく。
そう命じるのは、
わたしではなくわたし。

＊

村議会議員の選挙に落ち
隣家の一男さんが裏の田んぼに
当選祝の赤飯をぶち撒いた
小春日和の一日
神明神社裏藁法師の陰
友達の妹の唇を奪い
取り残された竹矢来に

こころの貧しさを置く
夕景の
新河岸川の土手に
人の影はなく
ほおじろの飛ぶ
空に刺される

＊

隆起する
古代古生層からの熱情
母の無理数を分母に抱え
いくつかの季節に遅れ
わたしは、冬の日
赤いニンジンが捨てられた
道を歩むことになる

目に見えぬ独楽がいくつも
中空をめぐり
見つめる空の裂け目
射し込む日の光の中で
早鐘に追われながら
耳朶に弓手を運ぶれど
母の正義を疑えず
佇立して春の訪れを待つ

＊

母を造ろうと、小学生の
わたしは粘土を捏ねて、
先生の質問に、
さうです、さうです
と、なんどもなんども頷く。
モリカワの上がり框で、
（おまえらのあたしに向ける
（攻撃は間違っている
　と鳥は村人たちを諭す。
（おまえらの攻撃するものは

（おまえらの中にある
（あたしは神田旅籠町に生まれ
（難波田村に帰郷したのだから
（やましいものは何ひとつない
　といい村人たちを睥睨した。

*

時をかけて、やってくる和解を、
〔………〕待つ。
（手なずけ得ない、
　数個の否定。）

＊

おまえのひとみは玉虫色にかがやき
見えるものはそのひとみにかくされ
わたしはその表面に映るまぼろし
河越城が炎上し、持続された
検地が行われた年の五月
青鷺は、奇妙な寝言をいった

（家紋を変えろ、家紋を変えろ
あの、縦の矢の線を一本、
取り去ってくれさえすればよい。）

＊

そこに佇んでいるのは誰なのか
北浦和は駒場球場の近くの
／仮住まい

小さな入母屋造りの一部屋
思いあぐねる母を想う
やがて無頼は人格となり
病院の缶コーヒーなど飲めないと
病床の者らをののしり
五男五女をもうけながら
この町はあたしの住む地ではない
と、うそぶく

＊

冬萌えの朝に染め残しの布を砧で打つ
庭先に野羊を見つめる／母は書かれない
書かれないことをやめない母に
いっかな片方の靴紐を結べず
おしよせる非適合／解《ほど》ける自己
おおばこの葉を踏み
限界の限界のあわいから
母を喚んだ夏を想う
高く高く／落ちることを
／学ぶ

（や！かな！や！かな！
かな！や！ぞ！なむ！）

＊

姉と歩けば
いつもともなううらがなしき感情
そのかぼそき項もて
触れればこわれてしまいそうな

灰白質の心もて、姉よ
何ゆえ西方に傾くか
夕映エノ土手ハ赤銅色ニ燃エ
閉ジタ目蓋ニ赤イスクリーン
ボクト姉ヲ隔テル記号ナキ記号ハ
ヒリヒリヒリト雲雀マイアガル空ニ
ボクガボクトシテ続イテユク
ヒトスジノ道ヲ引キ裂クモノハナニカ
ト、問ウ

＊

躊躇いながら朝の地図をひろげる
彼方から聞こえる光の言葉
すでに訊ねる手段と目標がなく
化身の保護区にわれを忘れる
（農作業の途中で、突然おかしくなった
　牛が逃げ出し、目の前を駆けてゆく。）
モリカワの上がり框に腰掛け
鳥に酌をされ、一枚のタクアンで
一合の冷や酒を楽しむ渋谷のじいさん
誰にも探し物は見つからない
　きょうだいたちは車座に座り
　　災いを隠そうとしたが
　　　叶わなかった

＊

五男五女のまだ神格を持ち
鎌持つ母が美しく見えた夏
書かれないことをやめない母から汗が滴る
（強く、正しく、生きるんだよ。）
七歳の日、泣きながら
同じ布団の中でいったあなたに
（母さん、
／ぼくは果てまで生きます。）

＊

（おれはよう、昨日出て来たんだ）
ターチャンは青白く、
肖像のように立っていた。
コナラに椎茸の菌糸が咲き狂っている裏山で、
静かに母は頷いていた。
（おばさん、お茶を一杯ごちそうしてくれないか）
あらゆる生命を無けなしにしてしまいそうな声、
何処かにゆきついてしまったような表情、

《おれ》は何処から《出て》きたというのだ。
それから縁側に回り、しばらく話し込み、
ターチャンはまた戻っていった、
誰も知らない場所に。

＊

親戚のターチャンが
我が家から遠のいた日に、
（お馬さんが怖いとぼくは母にいった。
／お馬さんが怖いとぼくは母にいった。）

＊

ひらがなの眠る小学校のプールに
虐められた少女の時をかける
不可思議な風が起きる
それもあの鳥の仕業だと
ひとびとは騒ぐ
こどもらはすでに
隠し切れないものを胸にたたんで
海老のようにからだをまげ

／青草の葉陰に受粉する
やがて春霞がふるえる頃
堰止められ迷走する荒川の岸辺
雑木林の上空遥かに聳ゆる
大宮ソニックシティビルに
未だ書かれないことをやめない
母とパスポートを取りにゆく

＊

整形外科医によって整備された村
鶴馬村の縄文遺跡を掘り返し
夕にはドジョウ捕りに励む
つぶらだった姉の瞳に
空白の紗がかかる
／母は、
出自を神田神保町に変えて
士族の出、禄を失い
北浦和に流れたという
あらたな伝説を作った

＊

植物であることは無限の痛み
だからひとになれと、母に諭され
受けながら圧す、それがぼくの流儀だから
と、抗議した日
姉はしずかに花粉管を洗い
明けはじめた東の空をさもらうと
はらはらと
ゆきしずりのように泣くのであった

＊

あらぬ方向から聞こえてくる胴間声
築塁の上で兄と向かい合う男
手に抜身の匕首を持っている男は
／訳の分からぬ言葉を吐く
沈黙で対峙する秀兄ぃ
／ぼくの足は震えだし
「キヨシぃ」と母の声が後ろから聞こえる
「キヨシぃ、おめえぇ、なに血迷ってんだぁ」

母の声はキヨシぃの胴間声を
　　抑え、村中に響き渡る
（　　／直立せよ
　　／直立せよ
円錐花序を直立せよ！）

＊

風に戦ぐ木の葉の向きを見る
流れる雲の崩れるその先を想う
何に導かれてひとを憎むか
死んでもかまわないと思うか
類似するわたしの中に巣食うもの
ひたひたひたとしんねりと
追いつめられた姉は
榛名神社の春祭りの暖かい一日
草花とともに溢れ返る色彩の
善意を持ち帰る村人たちを尻目に
こな白粉薄く
麦藁屋根の暗い部屋の奥で
白い下着で身をかため

朝霞キャンプ
極東放送に転向を告げる

＊

斜線を引かれ躓きが訪れたら
石という言葉を置いてみる
つまずくのはいつも小さな石だから
ひとつずつ小さな光として憶えている
石のかずかず

記憶を掃いて石を洗う
草を洗いおまえのゆく先を問う
(サトゥルヌスが降りた日に
金華公園の植込みで、
胄に黒いスプレーを吹きかけて
少年マガジンの最新号を読む。
力石はまだ倒れない、
ゴクイリイミオーイ。)

＊

大魔寺山門前の駄菓子屋の店前
木製の丸椅子に座り和服の赤い下着を
チラリと見せながら風船を膨らますオリン
一僧侶の頭脳の中で為される戦後を背負い
自然そのものの中で為される差別を耐え
それらをそうしたものと考えることなく
印付けられる現実のかなたにおいて
生きる学としての生活を生きる
オリンの店でお菓子を買い

ハナメドで遊ぶのがわたしの
もうひとつの戦後だった
オリンもまた鳥のように
（女にはカネメドがあるからさ、
といい、村人たちを睥睨した。）

＊

ナガネのガラス戸の前で
噂はうわさをよび圧縮され歪曲され
隣町の大工中山は何を勘違いしたのか

はるばると母を訪ねてきた
（私自身といえば、母を罰する気持ちは
　毛頭なく、するがよいするがよい、
　　　　　　　　とつぶやく。）
我が家の土間の三和土は均されて
そこに金時計が投げられ
手なずけられた犬は宗教組織をまとめ
市議会議員に当選する

＊

うさぎが猫に目を噛まれ、
病んだ野羊が助けを求めている。
（あのひとは
　あなたに来て欲しいのよ
　そして、いってもらいたいのよ
　／よく頑張った、よく戦ったと）
何処からか聞こえてくる声に、
　わたしは母として
　　母の母として苦しむ。

＊

（六番目のゆびはかならず
親ゆびにはえるから、
／数えることができない。）

と、オリンはいった。

やがて、
工業団地の汚職事件に党員が巻き込まれ、
幻影が凌駕された町に霜が降り
誓いの言葉は破られ、鳥は勝利した。
ナガネの前の家には大きな
犬がいて、説諭され
犬は鳥に手なずけられる。
（それでもおまえの故郷はここではないと、
ひとびとは口々に、不満の声を漏らした。）

＊

夜、しじまを破る八幡神社の太鼓の音に
橋本歌吉は、八十九歳の生涯をかき消される
十二支の希望と強さを、土地の貧しさとひきかえ
彼の心の時代は難波田沿革史から排除され

農業は最終的に一部の人のものとなる
欲望の波がしらを渡る百姓達の夢の痕《あと》
社に繁る榊は消された歴史を記憶し語らない
（サイタ　サイタ　サクラガ　サイタ）

＊

難波田から三里、河越城下の貸家には狭いながら庭があり、季節がらみごとな桜が咲いていた。

（この家は桜だけが取り柄）

白鷺は俎板を包丁でトコトコ。

（今日も、面会、行くのかい）

（うん）

白鷺の眉間には既に皺が寄っていた。

（二十三日で、出てこられるの？）

青鷺は卓袱台に頬杖して白鷺にいった。

（うまくいけば）

（だいじょうぶ、彼は完黙するから）

（できるわよね、あのひと）

（いずれにしても、竹林は奪回せねばならない）
青鷺の吐くタバコの煙が糸を引き、
桜は散りはじめていた。

＊

小さく纏まるのが嫌だったから
安手の服を捨てたのさ、と
鳥がもうひとつの嘘をいった日
啄ばむことのできる葡萄と

沸騰する柘榴を穿き違え
再び村人は母に近づく
こころは裏切ることを糧とし
ひとの眼とひとの視線に
示されるべき痕跡は宛先を失う
すべては五月雨の空へと消され
罠である言葉が深い傷を打刻する
探し求めるのではなく
見つけるのだ！

＊

終わりなき終焉。

村人は為すすべもなく、
　わたしも為すすべはない。
鳥の手管に脚を濡らし、
秋萩の移ろう色にこころを奪われる。

（友の女《ひと》の小さな下着をアパートの
洗面所に見て、東北沢を後に
下北沢への通路《パサージュ》を抜ける
　　　　　　　　朝はまだ来ない）

＊

一系列の植物の歴史の中に
展開される古参一等兵の下半身
原田和夫は千樹院の大修理にあたり
大枚五拾両を用意したが
前田清三郎は百両を運んだ
よって言葉は輝きを増し
原田和夫は、藤原俊成も詠んだ
河越城下「堀兼の井」に身を投じた
間もなく千樹院春実住職は癌におかされ

その恐怖を克服できず
経を忘れ孫の教科書を暗誦する
(靄の厚い夏の朝を刻む
言葉は逆比例の路を歩むか
このクニを切り刻み
返す言葉もなく
アタタカイ家庭を切り刻み
返す言葉もなく
明かりの届かぬ闇を切り刻む
虚であることがそのまま
確かさであること)

＊

茜さす鉄路の下をくぐり
　影泳ぐ榛の木の下
鎌持つ母を想う
　果てまで生きますと誓う少年に
見はるかす難波田平野の
　万緑の稲田は
青き焔の海原だった
　都会の路地の片隅で
果てまで生きますと
　もう一度誓う

＊

夢の中で
「わたしは★★★の水面を渡った」
と書いたわたしに、★★★という文字を
残してはいけないと命じるものがいる
★★★という文字を怖れろと命じるものがいる
それから寝ているわたしを襲ってきたのは
シミのような男たち
抵抗しようとするわたしを時刻は知らない
石を溶かせと命令するものがいる
石を溶かせと命令するものがいる
そのとき隣で大きな声がする

獣のようなその唸り声で
わたしは目覚める
母が魘されていた
目覚めよとわたしは母の体を揺する
目覚めよとわたしは母の体を揺する

＊

母を鎮めに一日浦和の別所沼まで歩く
白い花が霰のように咲いていていて
仕掛けられた微風がわたしの髪を舐める
疲れたメダカの子らは

澱みを怖れ近づこうとしない
沼の表面不可能な位置を求め
ミズスマシは無謀を試みる
（いたずらに街を駆け、
盲目の時を削る。
友が死ぬる日、
／君は開き
閉じたまぶた、
ぼくの腕に抱かれ、
その名を呼ぶ。）

＊

（門衛は君を指差し
　そのひとを奥さんですと唱えろという
　　わたしはそのひとは奥さんですと唱える
　　　すると門は開き土地は耕された。）

ひとつづきのはしゃぎの後に
柘榴は成長しその実は残っていた
柘榴は成長しその実は残っていた
少女の排泄物は貴重な贈り物となり
野羊は追いつめられたまま
死んだものの食料を貰った
失われたもののかわりに
そこにひとつづきの
抒情が横たわっていた

＊

御茶ノ水駅前の路地を潜り
光の奥にあるjazz喫茶
メルロー・ポンティーの止まり木に
明日の希望を語る男は
（茶のダッフルコートを見つめ
板の間に膝を崩し裸の足を
カエルのように両脇に開いた）
白鷺の〈希望〉
探し求めるのではなく
見つけるのだ！

＊

小学校の七夕飾りの竹枝に
オオカマキリの卵が眠っているという
交尾中に捕食されたオスの怨念が卵莢に沸騰し
家裏の水塚にひとり籠もる
竹を供した小五・吉田保の悩み
神無月に入れば日光の階段を降りて

行方をひとつ定めなければならない
（母への道、これはいずれ修正しなければならない。
　わたしが抗弁するのは
　　一切そういうことではなかった、と。）

＊

ユッカ蘭が咲く夕闇時
わたしは内に拓く弁証を学び
ひとびとの諍いを煽った
告白しなければならない
わたしはオリンが
風船を膨らますところを実際
見たことがないのかもしれない
本当は川魚料理屋の女が椅子に座り
細長い風船をタバコの煙を吐くように
吹いていたのかもしれない
（君と歩いた
　明大前の坂を、
　／泣きながら駆ける。

コーラ瓶のガソリンが燃えている。）

＊

鳥影の輝きに魅せられながら
密雲の彼方から立ち上がる
作り損ねのアンチノミー
東武東上線志木駅と上福岡駅を連結し
往復運動を繰り返す映画のフィルム
踏み切り事故があれば映写は中止され
勝新と裕次郎の狭間に盗み見る
『大人は分からない』

「オオニンには分からない」と誤読し
分かるだけの通分を試みて
少女が見た黄色な性を
兄と並んでアンモニアの臭う
映画館のトイレに排泄する
それを見ているひとのいることを気づきながら
知らないという気づき方で
「オオニンには分からない」
と観てきた映画の題名を母に告げる
その時すでにわたしは
罪人であった
(君はぼくの後に従いて川越駅に降り立つ
駅前の本屋の軒に『旺文社』の幟がはためき
寺に向かう足は鉛のように重く

眼球を患い穴という穴を患い
学ランで通った耳鼻咽喉科の前を通り過ぎる
やがて河越城址の近く
寺の奥さんが分けてくれた菊花を
友の墓に挿し、線香をあげる
その帰り道、池袋の喫茶店で
　最後のコーヒーを飲む）

＊

伊佐島橋から東大久保へ
砂原から登戸へと、
ゼラニウムの茎を踏みしだき、
コールタールのような
闇の鏡面を滑り、
寝静まる深夜の難波田を、
翔ぶがごとく
移動する者は誰か。
眠る者の
愛と絶望の波動を一身に受け、
うっすらと侘しさの残り香、
緩やかに狂気への度を強める
夜の呼吸を遮り、

むつらぼしの稜線をさまよう者。
例えば泥の中から飛び出る魚、
放たれた野羊の失明、
白蟻の異常な繁殖の類いを掌る者。
損傷した鼻腔を手で庇いながら、
蟋蟀がひそひそと
青白き声をあげる深夜
人知れず移動する者は誰か。
（ぞ！なむ！ける！）
静謐な時は
一瞬にして
終わる。
（こそ！けれ！）

難波田　目次

難波田《なんばた》
著　者＝谷合吉重《たにあいよししげ》
発行者＝小田久郎
発行所＝思潮社
〒一六二-〇八四二　東京都新宿区市谷砂土原町三-十五
電話〇三（三二六七）八一五三（営業）・八一四一（編集）
装　幀＝稲川方人　印刷・製本＝創栄図書印刷株式会社
発行日＝二〇一〇年七月二十五日